L'ÉMOI D'AOÛT

L'ÉMOI D'AOÛT

Yannick Billaut

ISBN : 978-2-37011-124-1
Éditions Hélène Jacob – 13 Impasse Victor Gesta – 31200 Toulouse
Imprimé par Create Space – États-Unis
9,90 €
Dépôt Légal Avril 2014

Design couverture : Jérémy Calli

I – Périple

1

Je m'appelle Nicolas Lassagne. J'ai 39 ans. Je dois mon prénom à Nicolas de « Bonne nuit les petits ». J'aurais aimé avoir une petite sœur et j'aurais aimé que mes parents poussent le bouchon et l'appellent Pimprenelle. Au lieu de cela, j'ai juste un grand frère : Thierry. Parce que « Thierry la Fronde ». C'est comme ça. D'autant que mes parents n'ont jamais été très... télé. J'ai donc beaucoup de mal à me l'expliquer. Ce choix restera pour moi un mystère de famille, un mystère de parents.

J'avais quitté l'autoroute du côté d'Abbeville parce que je souhaitais reprendre le chemin des écoliers ou plutôt, le chemin des vacances. Je me demandais même si ces routes d'il y a trente ans existaient toujours.

La dernière fois, j'avais goûté aux joies des axes routiers modernes, successions d'autoroutes ou de quatre voies, qui m'avaient permis de faire le trajet en un peu plus de sept heures. Sept petites heures comparées aux douze ou quatorze d'antan et qui m'attendaient peut-être en ce 27 juillet 2005.

Je partais pour le Finistère. Je partais pour Concarneau (premier port de pêche thonier français et européen...), sa Ville Close, sa fête des Filets Bleus et ses plages de sable fin.

2

Il faisait chaud ce 27 juillet et je faillis un moment regretter mon choix de passer par les départementales sous cette canicule. Mais très vite, les panneaux de signalisation me firent oublier cette pensée : Le Tréport – Dieppe – Yvetot – Bolbec.

Des noms familiers comme de vieilles connaissances qu'on redécouvre. Comme de vieux prénoms qui nous reviennent, évoquant d'anciens camarades écartés depuis longtemps dans un recoin de la mémoire, mais qui resurgissent de façon claire, évidente, comme avant, comme toujours finalement.

Ces villes, je les connaissais parfois même sans avoir mis un seul orteil dans leur centre-ville. Elles avaient parsemé mon enfance, ma plus tendre enfance. Elles m'avaient accompagné chaque été depuis ma naissance, durant de longues années, comme on peut retrouver ces fameux copains de vacances, tous les mois d'août. Perdus pendant onze mois et retrouvés en l'espace de douze heures. Ou quatorze. Car il était bien long le chemin des vacances, lorsque l'on avait sept ou huit ans dans les années soixante dix. Un périple d'abord joyeux puis curieux, puis vaporeux, anesthésiant, entêtant, infini, épuisant.

Mon oncle – le frère de mon père – avait un petit pavillon de vacances à Concarneau. Je dis petit aujourd'hui, mais il me semblait qu'à l'époque, du haut de mes yeux d'enfant – d'environ un mètre quinze –, cette maison ressemblait à une villa, aux pièces multiples, qui aurait pu abriter les habitants de mon quartier tout entier. La Villa Kérangall, le terminus de mon voyage au long cours, la délivrance du 1er août.

Oncle et tante faisaient le voyage deux ou trois fois par an. Tous les étés avec leurs quatre enfants. Puis le temps passant, les enfants étaient devenus grands. Et finalement, en période estivale, seuls mon oncle, ma tante et mon cousin – lui aussi très grand, du haut de mon mètre quinze – occupaient le fameux pavillon. Enfin, la fameuse Villa…

Aux alentours du 14 juillet, de façon quasi systématique chaque année, au cours de leur visite dominicale à la maison, ils nous proposaient – en fin de repas, le soir très tard – de venir passer le mois d'août à Concarneau. Si cela nous disait. Si nous n'avions pas d'autres projets. Et nous n'avions pas d'autres projets. Alors ça tombait bien. Timidement, mon père, du bout des lèvres, répondait :

« … Oui… ben oui… »

Puis il regardait ma mère, lui envoyant un signe du menton en attendant son avis. Et ma mère de répondre :

« … Oui, ben… oui… si cela ne vous dérange pas… »

C'était toujours comme cela que ça se passait. Et ce « si cela ne vous dérange pas » a longtemps bercé mon enfance, puis mon adolescence. Aujourd'hui, devenu adulte, il m'arrive encore moi-même – face à une vendeuse me proposant d'emballer un article ou à un nouveau collègue suggérant de faire un léger crochet pour me raccompagner – de répondre :

« Si cela ne vous dérange pas ».

Imprégnés par notre culture familiale nous sommes, imprégnés sans doute nous resterons.

3

Nous avions enfin l'assurance de partir en vacances, nous, enfants. Car nous attendions toujours cette « proposition du dimanche soir très tard aux alentours du 14 juillet » comme on attend avec doute et impatience la petite pièce de monnaie que la souris a déposée sous l'oreiller en remerciement de l'offrande d'une minuscule dent de lait.

La veille du départ était toujours source d'excitation, de préparatifs interminables, d'effervescence. Moi je savais que j'aurais beaucoup de mal à m'endormir. Et j'étais persuadé que je serais réveillé très tôt, le premier, avant tout le monde.

Pourtant, comme à chaque fois, ma mère viendrait me susurrer qu'il serait l'heure de se lever et comme à chaque fois, engourdi, mais heureux, je sortirais de mon lit, impatient et frileux malgré la douceur du petit matin du 1er août...

Je m'arrêtai quelques instants à Pont-l'Évêque, après le passage du fameux pont de Tancarville qui pour moi, gamin, était le symbole de l'autre rive. La rive du continent des vacanciers. Déjà un autre monde. Comme un bras géant de ferraille qui vous soulève et vous transporte vers l'univers magique, une terre faussement inconnue, le vrai départ vers l'été.

C'est seulement à l'adolescence que je découvris fortuitement que Pont-l'Évêque était aussi un fromage. Un fromage qui portait le même nom qu'une étape insignifiante – mais paradoxalement incontournable – des vacances. Dès lors, manger de temps à autre ce fromage, c'est un peu reprendre le chemin de Concarneau. Il est donc devenu, sans le savoir, le fromage de mes souvenirs.

Très tôt le matin, le premier dimanche d'août, de façon immuable, je guettais sur le pas de ma porte l'arrivée de la Renault 16 de mon oncle. Car mon père n'avait pas de voiture. Il avait beau avoir passé tous ses permis durant son service militaire, nous n'avions pas de voiture. Ce n'est que bien des années plus tard, alors que j'atteignais allègrement mes quinze ans, qu'il fit l'acquisition d'une Peugeot 104 d'occasion devenant ainsi notre auto. Nous avions enfin notre voiture ! Plus tard, je fus persuadé qu'il avait fait cela non pour goûter aux joies de l'automobiliste – il ne fut jamais un Fangio –, mais pour nous offrir à nous, sa famille, un signe fort d'autonomie, de normalité, faisant de nous des gens comme tout le monde. En attendant, c'est donc notre chauffeur à la R16 qui venait nous chercher pour ce grand voyage estival de douze ou quatorze heures…

Cette Renault 16, je m'en souviendrai toute ma vie. Elle a été le serviteur de ces innombrables trajets, comme un animal fidèle, infatigable, prêt à tout pour son maître. Je me souviens de ses sièges en similicuir, sorte de skaï cyclothermique : froid l'hiver, brûlant l'été.

Puisque ma tante et mon grand cousin occupaient la maison depuis déjà plusieurs semaines, c'est donc avec mon père en copilote, ma mère, mon frère et moi à l'arrière, les deux valises dans le coffre – pour ne pas encombrer, ma mère tassait, limitait, condensait nos affaires au possible, sans doute pour ne pas déranger – et le fatras de mon oncle que nous prenions le plus souvent la route. Il est à noter qu'au cours d'un voyage en la présence exceptionnelle de ma tante, je fis toute la route confiné dans le coffre. La lunette arrière – fort inclinée du reste dans une R16 – me servant d'unique lucarne tournée vers le ciel. Sorte de hublot d'avion-cargo par lequel j'entrevoyais les nuages changeants qui défilaient à la vitesse de 90 km/h – maxi, pied au plancher. Ce fut le voyage le plus inconfortable de toute ma vie, la seule fois où je fus victime de nausée en voiture. Avec un peu de recul, je m'imagine en labrador, coincé dans un coffre, la truffe collée à la vitre, asphyxiant de chaleur, cherchant un hypothétique filet d'air pour me ramener à la vie.

4

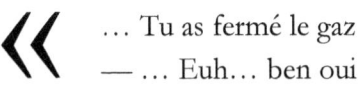 … Tu as fermé le gaz ?

— … Euh… ben oui… je crois…

— Tu es sûr ?

— Oui oui… Bah, on verra bien. Sinon on retrouvera madame Gilberte grillée… On a déjà failli l'asphyxier quand on a fait le barbecue dans le garage. Elle en a vu d'autres !…

— … !?...

— …

— … Par contre, moi je me souviens plus si j'ai éteint mon fer à repasser…

— On peut faire demi-tour, si vous voulez ? suggérait ironiquement mon oncle en s'immisçant dans ce débat crucial.

— Oh non ! Après tout, on verra bien. C'est les vacances ! On verra tout ça au retour, répondait ma mère. »

Quelques minutes passaient alors, en silence. Les interrogations semblaient terminées. Nous tournions la page de juillet à la maison. Nous lâchions prise. Nous nous laissions glisser vers le mois d'août. Nous abandonnions nos repères, notre quotidien, nos habitudes à la petite semaine, nos gestes répétés, notre univers de gens presque normaux, notre rue, nos voisins, notre petite maison étriquée, notre vie de onze mois sur douze. Nous devenions des explorateurs de terres lointaines, équipage embarqué sur le même bateau. Nous avions levé l'ancre, largué les amarres, nos deux valises à fond de cale. Nous tournions le dos au passé. Nous changions de peau. Nous partions presque pour ne plus revenir…

« Si, si… je crois que j'ai éteint le fer puisque j'ai débranché la cafetière… »

5

Passé Pont-l'Évêque, je pris la direction de Dozulé. Dozulé. Le nom me fit encore sourire. J'ai toujours trouvé ce nom incongru. Et pardon aux habitants de cette bourgade. D'ailleurs, petit garçon, je me demandais comment pouvaient bien s'appeler les habitants de Dozulé. Les Dozuliens ? Les Dozulois ? Les... Dozaciens ?

Je me disais : c'est une ville qui s'est perdue peut-être. Une ville que l'on a laissée de côté. Un cas à part. Avec un nom pareil, elle prenait pour moi l'allure du dernier village gaulois d'Astérix, une ville venant de nulle part qui est tombée du ciel en plein Calvados, de façon fortuite, comme ça, par hasard. Une ville que l'on a punie. Une ville indolore, incolore, discrète, presque absente. Une ville qui s'excuse par avance. Qui ne propose rien. Qui ne demande rien. Simplement la possibilité de mettre son nom sur quelques panneaux de signalisation : Do-zu-lé.

Ce 27 juillet, je la longeai en voiture. Je ne fis pas l'effort de la traverser. Adolescent, il me semble que nous y avions fait un arrêt. Peut-être une pause pipi, rapide, furtive. Ou pour vérifier un niveau d'huile. Il ne me reste donc aucune image en tête, pas l'ombre d'une place, d'un monument aux morts – ou non –, d'une façade de mairie, d'un parvis d'église. Non, rien.

Et pourtant...

Les habitants de Dozulé sont les Dozuléens. Durant la guerre de Cent Ans, les troupes d'Édouard III d'Angleterre y mirent le feu. Un nom est né : « dos brûlé », la montagne qui brûle ; devenu plus tard par contraction : Dozulé.

Le 20 août 1944, suite aux combats entre Allemands et forces alliées, la ville fut encore ravagée par les incendies.

Entre 1972 et 1982, une habitante affirme avoir vu des apparitions du Christ sur la Haute-Butte de Dozulé. En dépit de multiples controverses, des pèlerins venus de toute l'Europe se recueillent désormais sur les lieux.

L'actrice Dominique Marcas y est née. Sa longue carrière l'a amenée à tourner avec René Clair, Jacques Becker, Gilles Grangier, Jean Delannoy, Guy Lefranc, Jean Girault, Claude Chabrol, Michel Deville, Radovan Tadic, Francis Girod, Jacques Fansten, Michel Blanc, Jean Becker, Jean-Marie Poiré, Didier Kaminka, Luc Besson, Jean Veber, Valérie Donzelli et bien d'autres encore…

Les éditions du Chameau ont leur siège à Dozulé. Voilà, merci à Wikipédia !

Au cours du prochain périple, me promis-je alors, je m'arrêterai prendre un verre à Dozulé.

6

En ce début d'été 2005, je venais de terminer ma dernière année d'enseignement à l'école primaire Aragon en périphérie d'Arras. Je suis instituteur ou plutôt devrais-je dire, « maître des écoles ».

Sept années durant, j'y avais enseigné dans une classe de CE2. 21 élèves. 12 filles. 9 garçons. Madame Dumortier, la directrice, m'avait dit :

« Nous allons vous regretter, vraiment. Mais bon, nous ne pouvons pas rivaliser avec le soleil. Vous nous enverrez une carte postale de temps en temps, j'espère ! Nous les accrocherons en salle d'étude. Cela nous fera tous un peu rêver... »

J'avais toujours apprécié madame Dumortier. C'était une directrice à l'ancienne. Toujours bienveillante, toujours impliquée. Extrêmement professionnelle, elle avait sans nul doute épousé la carrière d'enseignante comme on entre en religion. Un véritable sacerdoce. Mais chaque jour, chaque matin, elle respirait la joie de vivre, la spontanéité, le bonheur d'ouvrir les portes de son établissement dès 7 h 30. Elle avait la fraîcheur éternelle, semblait heureuse d'être dans son école depuis vingt-cinq ans, paraissait redécouvrir chaque jour son métier avec bonheur. Et le petit malaise cardiaque vécu cinq ans plus tôt n'y avait rien changé.

Elle inspirait le respect et savait elle-même se faire

respecter. D'un seul ton de voix, rare, mais efficace, elle savait imposer son autorité naturelle lorsqu'il le fallait. Sans jamais en abuser.

Lors de ces sept années, j'avais vu défiler des remplaçants et remplaçantes de tous ordres, pleins d'énergie ou déjà étonnamment désabusés. De jeunes stagiaires perdus, aussi. J'avais connu les lieutenants fidèles à madame Dumortier ou ses détracteurs sans courage, les indécrottables, les maniaques, les haut perchés, les dépressifs légers, moyens voire profonds. J'avais connu les allergiques chroniques à l'arrivée du printemps, les éternels frileux de l'hiver, les charmeuses inspirées des livres de Maupassant, les vieilles grincheuses qui sentaient la transpiration, les coincés acariâtres à l'odeur de tabac froid et à l'haleine fétide, les timides, les névrosés et j'en passe.

En juin 2004, lors de la kermesse de fin d'année, je fus pris de violents vertiges. En chorégraphe… avisé, je donnais aux enfants de ma classe les indications de pas, les gestes rythmés et les déplacements sur scène, sur l'air de « Paris Latino », célèbre tube des années quatre-vingt. Au fur et à mesure des enchaînements cadencés, de légers papillons commencèrent à parasiter mon champ de vision. Puis ce fut au tour de madame Dumortier, Estelle l'instit des CP et monsieur Jacquemin l'alcoolique des CM2 de tournoyer avec mes élèves au son des : « que bueno, que rico, que lindo… Paris Latino ». Je divaguais, je flottais dans du coton.

J'entendais au loin le claquement des mains des parents d'élèves, par à-coups. J'entrevoyais certains paparazzis de papas mitrailler leurs chérubins. J'avais le crâne serré par quelques grincements de larsen. Je suffoquais. Je vacillais. Je ne savais plus où j'étais.

Je ne sais pas comment la danse se termina finalement. J'étais accroupi, l'index de la main droite en l'air, l'autre sur un genou, figé comme une statue. Ce sont les applaudissements de l'assemblée et la grosse voix de monsieur Gérard – le présentateur vedette des kermesses annuelles – qui me sortirent de cette torpeur.

Je fis descendre les élèves de l'estrade comme on évacue les rescapés au beau milieu d'un incendie et je m'éclipsai tant bien que mal pour me rendre aux sanitaires. Droit, stoïque, aux allures d'automate, un sourire figé collé à la bouche, mais digne. Enfin, je crois… En l'espace d'un instant, agenouillé, je me retrouvai la tête dans un toilette de Lilliputien des maternelles. Un grand dézingué la tête première dans un chapeau de Schtroumpf. J'y vomis tout ce que je pouvais. Bien plus encore. Une porte grinça. Je relevai la tête, un filet de bave accroché au coin des lèvres et aperçus Émilie, une petite du CM1. L'enfant me regarda, immobile. Comme atterrée par cette vision iconoclaste. Elle ne dit pas un mot. Juste les lèvres entrouvertes d'où il ne sortait aucun son. Elle fit simplement demi-tour, très doucement, et j'entendis de nouveau le couinement de la vieille porte.

Dès le lundi suivant, à la grande surprise – et désolation – de madame Dumortier, je remis ma demande de mutation. Je ne pouvais plus continuer sous la grisaille du Nord, enchaîner les mêmes années, côtoyer les mêmes collègues, converser avec les mêmes acteurs, suivre les mêmes directions, ouvrir les mêmes portes. Je ne supportais plus le mot « même », employé à toutes les sauces, décliné à l'infini.

En septembre 2005, j'intégrais l'école maternelle et primaire Jules Ferry à Agen. Madame Dumortier décéderait en avril de l'année suivante, d'une rupture d'anévrisme. Elle avait 59 ans.

7

Je savais depuis toujours – à force d'avoir entendu oncle, père et mère – que Caen se trouvait à peu près à la moitié de notre parcours. C'était la mi-temps, même si nous ne nous y arrêtions jamais. Caen, c'était d'abord la grande ville, celle du périphérique qui n'en finissait pas, des panneaux publicitaires à perte de vue. Mais Caen, c'était surtout la moitié du chemin…

Suivant les années, je me disais : « Déjà Caen ?! Ça a été vite ! » ou « On est seulement à Caen !?! Pfff… » Cela dépendait surtout du somme matinal que j'avais réalisé en voiture. Caen, c'était 350 km alors, seulement ? Déjà ?

Je savais aussi que nous allions aborder la « bonne » seconde partie. Celle du dépaysement. Celle qui donne l'impression d'être à des milliers de kilomètres de chez soi. L'autre pays. Un petit vent d'ouest. Les prémices du continent breton. Pour preuve, nous abordions successivement les villes au parfum bucolique : Villers-Bocage, Saint-Pierre-du-Fresnes, Saint-Martin-des-Besaces. C'était un signe ! Je devenais plus vigilant face à la route. Je guettais les panneaux indicateurs, les verts ou les bleus, ceux qui signalent les prochaines grosses villes, les villes de vacances. Celles qui vous font dire : « Tiens, j'y étais justement cet été ! » ou « Ah ben, j'y suis passé début août. C'est sympa, hein ? »

On devient familier avec ces villes. On s'autorise à en parler comme si on les connaissait par cœur. Un peu comme on évoque un proche, un bon ami à soi.

Je me suis arrêté à Villedieu-les-Poêles. Je ne ferai aucun commentaire sur le nom de la ville, ne m'avancerai pas sur le nom de ses habitants, n'évoquerai ni son passé ni les célébrités qui y sont nées. Rien de tout cela. Seulement le parking face à la caserne des pompiers où souvent nous faisions une halte pique-nique et plus fréquemment encore, une pause pipi.

C'est l'une des rares villes de France dont les toilettes publiques me sont familières. La seule, au fond, je crois. Il n'y a – du reste – aucune fierté de ma part à ce sujet.

La pause pipi, c'est un peu comme lorsqu'on évacue un navire en perdition. Ce sont les femmes et les enfants d'abord. En l'occurrence, à Villedieu-les-Poêles, pour notre famille, ce sont les enfants d'abord et d'abord. Lors d'un été, alors soulagé à la vitesse du naufrage du Titanic, ma mère m'avait demandé de lui tenir la porte des W.-C. en raison d'un verrou défectueux. Ne pouvant rien refuser à ma maman, je m'exécutai. Il faisait chaud cet été-là et les toilettes publiques, en dépit de leur vocation de bouée de sauvetage, ne sont pas l'endroit propice au farniente du mois d'août. Ainsi, l'enfant de dix ans curieux et papillonnant que j'étais se laissa happer par la vision d'un magnifique camion de pompiers d'un rouge feu incandescent. Il rentrait majestueusement à la caserne, tel un vaisseau spatial s'engouffrant dans son abri sidéral.

Deux petits mots interrompirent ma vision intergalactique. Deux petits mots seulement : « Oh, pardon ». Je ne décrochai pas tout de suite de ma rêverie. Oui, ces mots je les avais bien entendus, mais je ne les associais à rien. Il me fallut un léger temps de latence, comme un effet retard. Cette voix, je ne la connaissais pas !! Voilà ce qui éveilla mes soupçons, me propulsant énergiquement en pleine réalité. Tournant la tête, je vis une dame de dos portant une robe à fleurs. La voix, c'était donc elle. Et ce n'était pas ma mère, c'était sûr. En plus, elle venait justement de refermer la porte des toilettes de… ma mère.

Ce fut ma première engueulade des vacances. Elle eut lieu à Villedieu-les-Poêles.

8

Jusqu'à l'entrée au lycée, je fus ce que l'on pourrait appeler un bon élève. Toujours parmi les trois ou quatre premiers de la classe. Redoublant ma seconde, j'obtins mon Bac, non pas avec mention, mais plutôt avec difficulté. Qu'avait-il bien pu se passer entre ces deux époques ? Il me semble que le virage de l'adolescence, le passage progressif – mais finalement souvent bien trop brutal – à l'âge de jeune adulte me perturba beaucoup, sans que je ne le manifeste d'aucune sorte.

J'ai toujours été un écolier discret, réservé, qui sait se faire oublier. Moins on entendait parler de moi, mieux je me portais. Lycéen, je me mis à sortir un peu de ma coquille, non sans mal. De façon anarchique, désordonnée, maladroite même.

La première fille avec laquelle je sortis en est le reflet même. Je peux le dire aujourd'hui. Installé à une table de quatre en salle de documentation pour visionner un vieux film en noir et blanc, j'étais assis à côté d'une camarade, par le jeu du hasard des places encore vacantes. Elle portait un pull léger en laine, façon mohair. C'était une jeune fille plutôt affranchie, plutôt frondeuse. Une redoublante à qui je n'avais quasiment jamais parlé, même au bout d'un trimestre.

Dans la moiteur et la léthargie provoquées par l'obscurité

et certainement aussi par le thème du film, je m'installai les bras croisés sur la table, pour éviter tout phénomène d'endormissement inapproprié. Maladroitement, j'effleurai cette manche en mohair. J'étais presque à deux doigts de m'excuser, mais on ne s'excuse pas de la sorte face à une fille en salle de documentation quand on a seize ans. Dans les quelques secondes qui suivirent, je sentis sur ma peau un doigt puis deux, puis trois. La jeune fille me tenait maintenant la main.

La jeune fille me caressait la main. Tétanisé, je n'osai jamais bouger. Ce malentendu dura trois ans. J'y laissai une première année en classe de seconde.

Le film en noir et blanc était un film culte de 1955 : *La nuit du chasseur*, avec Robert Mitchum en personnage énigmatique inquiétant. Faut-il y voir le signe d'une relation de cause à effet ?

Cette discrétion scolaire m'a cependant permis de développer mon sens de l'observation. Lorsque l'on n'occupe pas l'espace sonore, l'espace visuel, l'espace tout court, alors on a le temps d'observer. Cela devient un réflexe, une attitude naturelle, que l'on peaufine au fil du temps, que l'on perfectionne, que l'on entretient. J'ai donc appris très tôt à observer, à constater ce qui se jouait autour de moi, à enregistrer les choses et les consigner dans les petits tiroirs de mon petit cerveau. Cette façon de filmer intellectuellement le monde qui m'entoure m'a indubitablement permis de mieux appréhender la nature humaine. Car sans juger de l'autre, ni abuser des stéréotypes, j'ai appris à reconnaître, à envisager, à anticiper souvent rien qu'en regardant. J'ai appris l'intérêt suscité ou le désintérêt.

J'ai appris à repérer la mascarade ou l'authenticité. J'ai appris à constater la vraie gentillesse, la bonté, la fausse méchanceté. J'ai aussi appris le vice, la perfidie, la manipulation. En observant tout ça, j'ai sans doute compris celui que je voulais être, celui que j'ai essayé d'être, celui que je serai finalement.

Dans la vie, en procédant par élimination, on ne retient que l'essentiel. On ne retient que le nécessaire.

9

Du côté d'Avranches, je commençai à scruter l'horizon pour apercevoir le mont Saint-Michel. Gamin, c'était toujours comme un jeu d'être le premier à repérer ce gros caillou posé sur la mer. J'ai toujours été fasciné par le mont Saint-Michel, par son aspect majestueux, grandiose, énigmatique. J'en imaginais l'abbaye tourmentée par ses mystères œcuméniques à l'instar du film d'Annaud *Au Nom de la Rose*.

Certaines visites ont cependant entaché cette impression romanesque. Le monde incessant durant l'été, les commerces à vocation ultra-touristique, le folklore trop bariolé ont émoussé bien souvent mon enthousiasme. Reste la vision enchanteresse de cet îlot plongé au cœur des eaux.

Bien des années plus tard, jeune adulte au volant de ma bagnole d'étudiant, j'avais roulé en fin d'après-midi sur cette longue route droite menant à l'édifice. J'étais avec mon amie de l'époque. Le ciel était d'un bleu violet ahurissant, teinté de lueurs orangées, marquant le coucher progressif du soleil. La musique du film *Mission* remplissait l'habitacle. Le spectacle était magique, presque irréel. Mon amie et moi n'osions plus parler, comme hébétés, assommés par ce panorama hors du commun. Cela n'avait duré que deux ou trois minutes, mais ce souvenir ne s'est jamais effacé de ma mémoire.

Puis Dinan arriva. Ah Dinan ! Une jolie ville. Une si jolie ville. L'une de mes préférées.

Je m'y arrêtai, c'était inévitable. Comme par le passé, je longeai la Rance d'où j'apercevais l'immense viaduc. Les petits commerces s'offraient à moi et j'observais – encore ! – les bateaux amarrés. Je m'attablai à la terrasse d'une crêperie où jadis j'y avais dégusté une fameuse « sucre-beurre salé ». Sirotant un coca, je me sentis enveloppé par une atmosphère rassurante, connivente, bienveillante. Je ne prêtai pas tout de suite attention au couple qui s'était installé juste à côté. Un couple d'une soixantaine d'années peut-être. Ils avaient été discrets. C'est le petit bonhomme en culotte courte qui attira mon attention. Il semblait avoir sept ans tout au plus. Il était assis face à ce qui devait être ses grands-parents. Il balançait ses petites jambes déjà bronzées d'avant en arrière, d'un mouvement régulier, en cadence. Il avait une casquette jaune vissée sur la tête et ses deux grands yeux noirs me regardaient. Me fixaient même. J'entendais par bribes quelques morceaux de la conversation de ses grands-parents :

— … Ou alors demain. On ne peut plus se garer tout près maintenant…

— C'est une navette, c'est ça ?…

— … Lundi prochain… avec le bateau de Michel… il va aimer aller pêcher…

— … On téléphonera ce soir… hein, Louis ? On lui téléphonera ce soir ? Louis ? Louis ?

Le petit garçon tourna enfin la tête vers sa mamie.

— On téléphonera à maman ce soir.

Louis opina du chef, sans un mot. Il arrêta un instant de

balancer les jambes, comme si la réalité de la conversation avait stoppé sa mécanique perpétuelle. Il avala à la paille une gorgée de grenadine. Puis, toujours en silence, il planta à nouveau son regard dans ma direction. Il ne répondit pas à mon sourire. Cela lui fit même baisser les yeux. Son grand-père lui proposa d'aller voir les bateaux à quai sur le trottoir d'en face.

En les voyant traverser, je me dis que ce petit bonhomme sortait tout droit d'un décor des années cinquante, à la Doisneau. Son petit short beige, son marcel blanc, ses sandalettes et sa casquette lui donnaient même un petit air de *La guerre des boutons*.

J'étais attendri, presque ému, sans trouver la moindre explication à cette soudaine émotion. Il respirait l'insouciance, la gentillesse. Il semblait fort et fragile à la fois. En le voyant plonger sa petite main dans celle de son grand-père, mon émotion redoubla. J'aurais voulu tourner la tête, changer de sujet, compter les voitures minuscules qui passaient tout là-haut sur le viaduc. Mais non. Rien à faire. La photo était trop belle. Je ne pouvais cesser de les regarder.

— Excusez-le. Il faut toujours qu'il regarde, qu'il observe. C'est parfois gênant…

— Ah… euh… non, non, ce n'est pas grave… Ça ne me dérange pas – *tiens, encore cette satanée histoire de dérangement…*

— Il a perdu son papa, l'année dernière. C'est encore très présent, poursuivit la grand-mère. Il regarde souvent les messieurs. On a beau lui dire qu'il ne faut pas regarder les gens comme ça, mais bon… ça n'est pas évident…

— Je comprends. Vraiment, il n'y a pas de souci. Ça ne me gêne pas du tout. Il est adorable.

J'étais surpris par cette confidence. Et les mots me manquaient. J'essayais de traduire par mon expression du visage les signes d'une profonde compréhension et d'une réelle sympathie. En l'espace de quelques secondes, au détour de ce bref échange, j'avais le sentiment étrange de connaître ces gens, d'avoir côtoyé leur malheur, leur souffrance. Je me sentais proche d'eux. J'avais envie de demander comment allait la maman, si le petit dormait bien la nuit, s'il parlait de son papa, à quand remontaient ses derniers pleurs, s'ils avaient besoin de quelque chose. Leur dire que je passerais la semaine prochaine, que j'emmènerais Louis faire un tour de barque au lac, si ça ne les dérangeait pas.

Il revint s'asseoir avec son papy. Il dit qu'il avait vu deux petits poissons au fond du bateau bleu. Celui avec le grand bâton, le plus long, pour la voile. Il sirota à nouveau quelques traits de grenadine. Il se remit à balancer les jambes, sur le même rythme. Il semblait satisfait.

Je pris congé en leur souhaitant de bonnes vacances. Les grands-parents me remercièrent et renvoyèrent la politesse.

— On dit merci, Louis.

— Merci…

Quelques mètres plus loin, machinalement, je me retournai. J'aperçus la casquette jaune. Le petit Louis me regardait encore. J'avais les yeux embués derrière mes lunettes de soleil.

Dinan est une jolie ville.

10

En m'enfonçant progressivement en territoire breton, je subis la foudre d'un orage éclair. Le ciel s'était chargé en quelques minutes et il plut des trombes d'eau. Cela me donna l'occasion de constater une fois de plus que mes essuie-glaces étaient pourris. J'ai toujours habité dans le Nord et j'ai toujours eu des essuie-glaces pourris. Allez comprendre… Le soleil revint aussi vite qu'il s'était éclipsé et sous un ciel retrouvé, je traversai Brusvily, Yvignac, Broons, Eréac jusqu'à Merdrignac. Nous passions chaque année par Merdrignac et chaque année mon père nous sortait la vanne habituelle :

« Ah merde… rignac ! »

Enfant, cela m'avait fait rire aux éclats, puis rire tout court, puis sourire plusieurs années plus tard.

Quatre ans auparavant, j'avais racheté à la famille ce petit pavillon du Finistère. Oncle et tante nous avaient quittés. Les enfants revendaient les différents biens immobiliers. J'avais quelque peu hésité. Mes maigres économies m'avaient fait beaucoup douter. Mais le parfum de mon enfance m'était revenu. Les nombreux étés passés là-bas regorgeaient d'images, d'anecdotes, d'ambiances, de petits gestes insignifiants. L'idée que cette demeure appartienne aujourd'hui à des touristes néerlandais ou tombe dans les mains d'un entrepreneur bien décidé à en faire des appartements pour petits couples m'avait hérissé le poil. Je ne pouvais l'imaginer. C'eût été comme brûler des livres, arracher une à une les photos d'un vieil album, remiser à la brocante des objets anciens. Bref, éparpiller à jamais mon enfance du mois d'août. Par le plus grand des hasards, je serais retombé sur le vieux baby star – mon petit vélo increvable – dans un garage quelconque. J'aurais aperçu dans un fatras destiné à la déchetterie d'anciennes cannes à pêche en bambou. J'aurais imaginé le destin funeste de ma petite bouée jaune à tête de canard. Non vraiment, tout cela était impossible.

Alors j'avais proposé de racheter la maison, à un prix sans doute inférieur à celui du marché, mais permettant ainsi de garder dans le giron familial la maison de vacances de nos souvenirs. Tel était mon argument d'acheteur potentiel. Je m'étais donc endetté pour un prêt de quinze ans, faisant le choix de poursuivre ma modeste existence de locataire dans mon studio arrageois de 21 m². Mais j'étais l'heureux propriétaire d'une résidence secondaire.

Puis vinrent Loudéac, Pontivy et bientôt Plouay. Il faisait déjà soir. J'étais dans l'entre-jour. Le ciel offrait encore quelques instants lumineux, mais en traversant les petites départementales bordées de forêts et de clairières, la pénombre s'était déjà bel et bien installée. Une image me revint.

Souvent, à cet instant du trajet, fatigué par toutes ces heures d'attente dans la R16, je fixais un point au bord de la route. Une borne kilométrique, un poteau télégraphique, une grande branche de fougère, peu importe. Je fixais ce point en amont, sans le quitter des yeux. Puis le dépassant, je me retournais pour continuer à l'observer par la lunette arrière. Illuminé d'abord par les phares du véhicule, cet élément insignifiant quittait alors son reflet incandescent pour replonger dans l'obscurité, dans l'anonymat. En mon for intérieur, je me disais alors : *Et si j'étais seul, là, maintenant, assis sur cette borne ou appuyé contre ce poteau, laissé pour compte au beau milieu de cette immensité de nature, sans rien ni personne.*

Je m'imaginais cette solitude, cette perdition totale. Apeuré par les cris bizarres d'oiseaux nocturnes, tétanisé par le bruissement des branches, le vent dans les buissons, scrutant l'arrivée soudaine d'hypothétiques elfes, d'étranges korrigans et autres lutins celtiques. La chair de poule me parcourait l'échine. J'étais fasciné et terrorisé à la fois. Je me demandais si quelqu'un avait déjà vécu cela. Puis, parcouru d'un frisson sur tout le corps, je vérifiais le cliquet de ma portière de voiture, me réfugiais plus près encore de ma maman en remontant d'un seul geste ma petite couverture jusqu'au cou. Je me sentais soulagé et rassuré. Comme il était bon et doux d'être lové au fond de cette Renault 16...

11

Je vis arriver Arzano – dont le nom m'avait toujours semblé décalé pour une ville bretonne, car il m'inspirait davantage un petit village italien haut perché dans les collines – et bientôt Quimperlé. Il faisait nuit maintenant. Je regardai l'horloge du tableau de bord : 22 h 47.

Rien d'étonnant alors à ce que mes yeux me piquent un peu et que ma nuque se raidisse de cette manière. Oui, j'étais fatigué. Mais je ne voulais plus m'arrêter. Plus maintenant.

Cela pouvait paraître imprudent, mais je voulais vivre les derniers instants de la route comme on vole vers l'exploit, comme le marin expérimenté terminant sa traversée en solitaire, heureux d'apercevoir les lueurs de la côte. Je voulais en terminer avec ma Route du Rhum à moi, avec mon Vendée Globe. Je voulais en terminer avec fierté, regonflé par la proche arrivée. Adieu, Quimperlé, et bonjour le sprint final. Il faisait frais maintenant. La nuit n'avait pourtant que tempéré l'atmosphère. Dans les trois derniers kilomètres, je recroisai la petite station-service. Je me rappelle le gros logo lumineux de l'époque, indiquant l'enseigne FINA.

FINA comme fin. Ce panneau sonnait l'échéance du parcours, l'arrivée en terre promise.

Je fus étonné par le calme du Cabellou, petite parcelle de

station balnéaire. Je longeai l'anse de Kerseaux, éclairée par quelques lampadaires et les derniers néons des cafés voisins. Quelques jeunes discutaient, accoudés à leurs scooters, face à deux ou trois lolitas maquillées comme des voitures volées pour l'occasion. Je croisai un couple de promeneurs avec leur golden retriever, d'une élégance presque trop criante malgré leur volonté de décontraction. Lui, le pull faussement jeté sur les épaules. Elle, les mains enfoncées dans les poches d'une petite robe stylée façon Courrèges. Ils avaient la cinquantaine bien sonnée. Ils semblaient détendus et heureux. Ils souriaient tous les deux.

Un peu plus loin encore, sur la corniche, je dépassai une petite famille. Un couple – plus jeune d'apparence que le précédent – avec leurs deux enfants. Ils étaient de dos lorsque je les croisai. Ils formaient un ensemble harmonieux. L'homme paraissait grand, athlétique. La femme avait une silhouette délicate, le ruban d'une jolie robe à fleurs noué au creux des reins. Les deux enfants – la fille plus grande que le garçon – les précédaient sagement de quelques mètres. Je les imaginais rentrant tranquillement du restaurant de la côte, profitant de ce retour à pied vers leur résidence de vacances, le long de la mer, comme une dernière balade digestive.

J'arrivai enfin à destination. J'ouvris le vieux portail en bois après les deux ou trois essais de clefs habituels. Je vérifiai machinalement l'heure : 23 h 40. Je tendis la main vers mon carnet posé sur le siège passager. Je notai : « Arrivée Concarneau 23 h 40 ». Durant mon trajet, au passage de toutes ces villes-étapes, j'avais consigné l'heure. Comme ma mère l'avait fait chaque année, chaque mois d'août. Heure de départ, liste à rallonge des villes traversées, horaires de passage, heure et durée de la pause-déjeuner, heure et durée des arrêts pipi et enfin, heure d'arrivée. À la fin de sa feuille de route figurait la durée totale du trajet. Celui du 27 juillet 2005, le mien, avait duré 12 h 45.

Je ne remis pas l'électricité en marche. Je retirai mes chaussures et, à la lueur de mon téléphone portable, je me dirigeai vers le canapé. Je m'allongeai tout habillé. Épuisé, courbaturé. Mon voyage se terminait ainsi. Je m'endormis aussitôt, comme le devoir accompli. Je ne savais pas encore, alors que je ressentais l'odeur et la texture du vieux canapé semblables à celles de la banquette arrière de la Renault 16, qu'un second voyage – bien différent du premier – m'attendait cet été-là…

II – Cet été-là

1

J'ouvris le premier œil vers neuf heures. Et le second à dix heures et demie. J'étais tout aussi endolori que la veille, l'effet canapé en plus. Je me mis à ouvrir les volets un à un. De vieux volets de bois en accordéon, grinçant de partout.

Le pavillon, c'est d'abord un grand sous-sol en rez-de-chaussée. Puis, en façade, un escalier menant vers un premier balcon en fer forgé où se situe la porte d'entrée. À l'arrière, le séjour avec ses deux grandes portes-fenêtres donnant sur un second balcon, lui aussi couvrant toute la largeur du pavillon et offrant une vue qui surplombe le jardin. À l'étage, trois chambres et une deuxième salle de bains. Voilà pour la visite du propriétaire.

À la vue du jardin presque sauvage, armé d'un courage improbable, je me décidai à tondre la pelouse. Je descendis au sous-sol et redécouvris cette odeur si familière. L'odeur de bois, de pneumatique et d'essence. Je me rappelais les parties de cache-cache avec mon grand cousin, au beau milieu de cette caverne d'Ali Baba qui regorgeait de cachettes d'enfant. Le jardin n'est pas grand, mais l'herbe y avait pris ses aises. Si bien qu'il était presque midi lorsque mon dur labeur fut terminé.

Il faisait bien chaud déjà. Réfugié dans la cuisine, je n'eus pas d'autre choix que de terminer mon pique-nique de la veille. Il n'y avait rien dans le frigo et pas grand-chose dans les armoires. Un reste de sandwich à la main, je regardais la rue par la fenêtre. Pas de mouvement chez Lucien, le voisin d'en face. Il avait dû cependant repérer la voiture dès le petit matin. L'impasse était calme, quasi déserte. Sur un fond sonore signé France Inter, j'observais la rue en essayant de déceler le moindre changement depuis l'année précédente. Quelques volets avaient été repeints, mais je ne remarquais rien de particulier. La maison des Karadec n'avait pas bougé. Je me demandais même s'ils étaient là.

Enfant, dans leur garage, je regardais avec admiration et envie leur fils, mon cousin et quelques-uns de leurs amis dans des parties endiablées de Yam's ou de Tarot. J'eus même le privilège d'y participer une fois ou deux lorsque je fus un peu plus âgé. Il régnait dans ce garage une atmosphère de repère pour grands ados : une table en bois et ses quatre chaises dépareillées, deux fauteuils club en vieux cuir usé, une radio, des vélos et j'en passe. C'était comme une taverne pour les jeunes du quartier. J'étais fasciné par la connivence qui les unissait, persuadé qu'ils vivaient mille choses de jeunes que je ne pouvais soupçonner. C'était le monde des grands. Pas des adultes, des grands. J'aimais cette complicité et j'aspirais à grandir très vite.

L'après-midi, je partis à la plage. La plage du Grand large. À pied, je longeai les allées de pins maritimes, les buissons aux essences parfumées. Je jetai un coup d'œil de-ci de-là aux propriétés à demi dissimulées derrière les jardins arborés. Certaines étaient étrangement fermées pour l'époque, d'autres regorgeaient de cris d'enfants. Au seuil de l'une d'entre elles, on y préparait un bateau. Dans l'autre, chacun s'affairait à rassembler les jeux de plage, parasol et autre bouée pour partir à la mer comme on part en expédition. Je savourais cette ambiance estivale. Chaque année ressemblait au même pèlerinage, mais m'apportait à chaque fois le même bien-être.

Je fus surpris par le monde au Grand large. Une foule parsemant toute la plage jusque dans les rochers. Ici, c'est assez simple. Hormis quelques criques, deux options sont possibles lorsqu'on souhaite se poser face à la mer. L'anse du Cabellou et sa plage abritée des vents et des vagues. Une tranquillité assurée. Quelques voiliers y mouillent. L'autre possibilité reste la plage du Grand large, son ouverture vers l'Atlantique, ses vents en certaines occasions et ses vagues souvent raisonnables. Pour voir un peu plus de monde et la variété des touristes, préférez la seconde option…

Au bord de l'eau, une dame d'un âge incertain se trempait les pieds. Elle levait sa robe à fleurs jusqu'aux genoux et sa silhouette de dos me rappela étrangement l'inconnue des toilettes de Villedieu-les-Poêles qui m'avait valu la première semonce des vacances. Cette vision me fit sourire.

Je restai une bonne heure sur la plage, sans me baigner, mon regard parcourant cette ligne horizontale marquant la frontière entre ciel et mer. Une petite fille avait pris la fessée du siècle par son père rouge de colère – et de soleil ! –, pour lui avoir échappé durant plusieurs minutes. Un jeune couple ne cessait de s'entrelacer, couché sur une serviette unique à deux places, s'aventurant dans des caresses que je reconnaissais assez osées à cette heure de la journée dans de telles circonstances. Deux seniors en chapeau de paille à la peau tannée par le soleil arpentaient la plage, multipliant les mimiques et les gestes démesurés. Une vraie, une bonne, une véritable, une authentique ambiance de vacances.

2

« Oooh !... Je me doutais bien que tu étais arrivé. J'avais vu le portail entrouvert.

— Salut, Lucien. Oui, je suis arrivé dans la nuit. Comment va ?

— Impeccable. La forme, la forme. T'as deux minutes ? Tu montes boire un coup ? »

En suivant Lucien, mon fameux voisin légendaire, dans son antre, je m'aperçus que rien n'avait changé. Depuis plusieurs années maintenant, les choses restaient en l'état. Lucien, c'est une vedette. Un personnage. Il m'a connu bébé, enfant et, dès l'âge de huit ans, mon père et mon oncle m'embarquaient chez lui dans leurs pérégrinations. On y allait pour parler longuement de l'état de sa vieille barque ou bien encore, participer à un atelier d'embouteillage de cidre. C'est sans doute chez Lucien que j'ai bu mon premier verre d'alcool, très tôt. Il avait construit son pavillon de ses propres mains, seul. Il s'y était consacré des années durant. Puis, fatigué peut-être, lassé sans doute, à court d'argent certainement, il avait fini par ralentir son chantier jusqu'au point mort.

Le rez-de-chaussée, autonome, était terminé. Il le louait à la saison puis, plus tard, à l'année. Unique source de revenus. Lui, il occupait ce qu'il restait, à l'étage. Une petite cuisine devenue sa principale pièce à vivre et ce qu'on pouvait deviner d'un grand séjour, s'apparentant davantage à un espace de brocanteur, surchargé jusqu'à la lie. Dans un coin, derrière un vieux paravent, on pouvait deviner son lit – coincé dans ce gigantesque fatras – qu'il devait rejoindre chaque soir par je ne sais quel chemin.

Derrière, son jardin parsemé lui aussi d'objets de récupération de toute sorte, coincé entre les fleurs et les buissons, était devenu un vrai labyrinthe. Il était souvent bien difficile de retrouver l'un des deux petits chemins conduisant à la remise du fond – le lieu de l'atelier clandestin de cidre, entre autres…

Tout le monde avait fini par appeler Lucien « le Vicomte ». Il était incontournable. D'une gentillesse sans faille, certains le percevaient comme un marginal sur lequel on pose un regard plein d'excuses. Moi qui le connaissais bien, je savais qu'il était fin observateur, d'une intelligence pétillante, plein d'humour et de dérision. Il n'avait rien de marginal. Il était plutôt un homme extraordinairement ordinaire. Il ressemblait physiquement à Charlie Chaplin. Il avait toujours vécu seul. Il avait fait le deuil de trouver une compagne et je pense qu'il avait toujours souffert secrètement de cette vie en solitaire.

— Alors, quoi de nouveau ?

— Oh, quoi de nouveau ? Ben, je ne sais même pas si les Karadec sont arrivés. Je n'ai pas vu Robert, encore, et ça m'étonne. Sinon, ben… tu as connu, toi, le fils Rezon ? Il a eu un grave accident de moto cet hiver. Il est passé par une belle porte. Il est en rééducation à Brest encore aujourd'hui. Il aurait pu finir paralysé ou même y rester. Mais là ça va, je crois…

Il nous avait servi un coup de rouge dans des verres à moutarde suspects et je retrouvais sa petite cuisine encombrée de vaisselle de la veille, de l'avant-veille et de l'avant-avant-veille. Une cuisine à l'angle de son pavillon avec deux grandes fenêtres côté voisin et côté rue qui lui donnait une apparence de sentinelle.

Il continua à me parler de son élevage d'escargots, de son petit bateau qui n'avait plus revu la mer depuis le départ de mon oncle et qu'il comptait remettre à l'eau un de ces quatre, qu'il n'appréciait pas trop son locataire actuel, que les anciens du quartier lui manquaient, etc.

— Ah, tu as vu, tu as des nouveaux voisins aussi.

— Des nouveaux voisins ? Où ça ? Chez les Mével ?

— Anciennement chez les Mével, oui. Ils n'y venaient plus. Ils ont fini par la vendre en début d'année.

— À des touristes, ou ils y vivent à l'année ?

— Non, ils s'y sont installés. Ils arrivent de la région parisienne, je crois. Lui doit travailler à Rosporden. Elle, je ne sais pas. Ils ont deux enfants. Ils ont l'air gentil. Enfin, j'ai pas eu vraiment de grandes conversations avec eux. Bonjour bonsoir, comment ça va, enfin tu vois, quoi.

— Ils sont jeunes ?

— La quarantaine, peut-être… Elle est jolie.

— Elle est jolie ?

— Elle. C'est une belle femme. Elle est jolie.

Je quittai Lucien en début de soirée avant qu'il n'entame la seconde bouteille de rouge. On se promit de manger ensemble un jour prochain. L'avoir vu m'avait fait du bien.

3

Je savais que j'avais dix jours à tuer avant l'arrivée de deux vieux camarades qui devaient me rejoindre une petite semaine. Alors je passais ces premières journées à vadrouiller, à revisiter mes coins préférés, me perdre dans de longues marches, sans but précis, sans intention particulière. Dès le matin, je partais pour la journée, prenant parfois un rapide café réchauffé de la veille chez Lucien, ne rentrant qu'en début de soirée. Je partais souvent pour la ville, la quadrillais de fond en comble comme jamais, à la recherche inconsciente de choses insignifiantes qui auraient pu m'échapper depuis toutes ces années.

Je parcourais la corniche, la plage des Sables blancs, le quai Nul. Arpentant également les remparts de la Ville Close, édifice fortifié au cœur de la cité, sorte de ville dans la ville.

Je me surprenais à parler tout seul, me chuchotant des remarques, des questions, des impressions. Je m'interrogeais sur ma vie d'aujourd'hui, sous la forme d'une interview que je me donnais à moi-même. Ce nouveau départ pour Agen dès la rentrée. Cette existence plus ou moins solitaire qui m'avait conduit jusqu'à aujourd'hui. Je n'avais pas grand-chose, finalement. J'avais souvent choisi de mauvaises options, pas pris la bonne décision à l'approche du carrefour. J'avais souvent trop attendu, souvent trop espéré.

Je n'avais pas toujours été à la hauteur, ressentais l'impression singulière de ne pas avoir été au bon endroit au bon moment. L'impression de rater le coche. Pas loin, mais raté quand même. Pourtant je ne parvenais pas à regretter véritablement quoi que ce soit. C'était ainsi. Et durant cette promenade sur ces remparts bretons, je n'éprouvais ni tristesse ni amertume. Je m'étonnais même, je me sentais assez confiant. J'avais le sentiment d'avoir payé une dette ou apporté ma contribution à ma propre existence. Désormais, le meilleur, le vrai truc, la récompense devait arriver. C'était sûr. Enfin, c'était au moins possible. Quelque part, c'était même mérité d'ailleurs, au fond. C'était un peu comme si je me détachais de moi-même.

Depuis mon arrivée, seul mon frère m'avait appelé. Nos conversations téléphoniques étaient pourtant assez rares. Et nos rencontres tout autant. Il m'avait parlé de ses déboires avec sa fille adolescente, de leurs difficultés de communication. Je l'avais écouté. Longuement, me semble-t-il. Je m'étais bien hasardé à quelques hypothèses d'analyse, quelques commentaires. Mais j'avais le sentiment qu'il ne les entendait pas.

— Tu verras quand tu auras des enfants, avait-il fini par me dire.

Ce n'était pas la première fois que j'entendais cette phrase de sa part.

— Oui, je verrai…

— Sinon, tu es bien arrivé ? Tu as beau temps ? Tu comptes remonter pour l'anniversaire de maman ?

— Je… j'essayerai… je ne sais pas si…

— Ce serait bien. Vraiment.

Comme à chaque fois, la conversation terminée, j'avais ressenti cette irritante impression de culpabilité. De n'avoir pas assez fait pour les miens. De poursuivre ma petite existence d'égoïste, sans me soucier des difficultés familiales. Et comme à chaque fois, perturbé, déstabilisé, j'étais gagné par un inlassable sentiment d'injustice…

4

De l'eau, me dis-je. Le cliquetis de l'eau. Curieux, sur la pointe des pieds, je voulus jeter un rapide coup d'œil par-dessus la haie. C'est à cet instant que je la vis pour la première fois. Ce que je crus être la première fois. Les cheveux châtains, lisses, mi-longs, domptés par une sorte de baguette chinoise. Elle avait la peau bronzée et adressait à celui que j'imaginais être son interlocuteur un sourire d'une blancheur déconcertante. Je ne voyais que ses épaules uniquement revêtues de deux fines bretelles noires de maillot de bain. Elle souriait. Elle ne cessait de sourire. Je la distinguais de trois quarts, mais percevais déjà la finesse de son profil, devinais la justesse de ses traits. Une harmonie parfaite. Rien de tape-à-l'œil, rien d'outrageux, mais cependant un visage solaire, irradiant. Oui, c'est cela. Un charisme inouï, une présence indescriptible, un truc qui vous scotche.

D'instinct, sans doute, elle tourna la tête. Et moi, par un effet de mécanique, un principe de vases communicants, un réflexe éclair à la con, je me remis sur les talons et enfonçai la tête dans mes épaules. Me cacher, c'est ça, me cacher. La honte ! Qu'est-ce qui m'autorisait à regarder comme ça par-dessus la haie, sur la pointe des pieds, l'intimité de mes nouveaux voisins ? Comme un voyeur. Comme un voleur. J'étais surpris, certes : le bruit de l'eau dans la propriété d'à côté. Incongru. Forcément incongru. Moi qui n'avais connu que le potager sauvage des anciens propriétaires. Mais était-ce une raison valable pour lorgner de la sorte la vie des autres ? Je n'osais plus bouger. Je me hissai sur le vieux transat d'un autre âge. Paralysé. Déconcerté. Je retenais même ma respiration une fois sur deux.

Je me sentis bête, vraiment stupide. Bien sûr, j'aurais dû rester planté là, solide sur les appuis, me présenter, balancer les banalités d'usage :

« Bonjour, désolé de vous déranger. J'entendais du bruit, je me suis permis. Je m'appelle Nicolas. Je suis votre voisin. Enchanté de faire votre connaissance. Je ne savais pas que les Mével avaient vendu. Et patati et patata... »

Merde ! C'est quand même pas bien difficile ! Au lieu de cela, me voilà recroquevillé sur ce transat, ressentant le même malaise qu'un gamin surpris le doigt dans le pot de confiture. Nul, nul et nul.

J'entendais des rires au milieu des bruits de plongeon et des cris d'enfant. J'entendais son rire à coup sûr. Il allait de pair avec ce visage, comme un prolongement naturel. Je restai là, sur ma banquette de fortune, sans aucune notion du temps.

J'écoutais les enfants crier « maman ! ». Je percevais sa voix, par bribes, au détour de certaines recommandations qu'elle leur adressait. J'ai remarqué aussi sa voix à lui. Claire, franche, pleine d'assurance. Je l'entendis dire : « En passant, prends les serviettes ! » Non, plus exactement, j'entendis qu'il disait : « En passant, prends les serviettes, Salomé ! ». Et puis plus rien.

J'attendis encore quelques instants. Je finis par me relever à la vitesse d'un ouvrier municipal. Il n'y avait plus personne. Je pressai le pas et je rentrai. Machinalement, en refermant la porte du sous-sol, je prononçai à voix basse : « Salomé ».

5

Le lendemain matin, dès mon réveil, je me postai à la fenêtre de ma chambre d'où je pouvais observer l'allée latérale de la maison des voisins et entrevoir une partie du jardin.

Mais cette fois-ci, personne. Nulle âme qui vive.

Presque déçu, je descendis à la cuisine pour préparer un café. J'avais mal dormi. J'avais éprouvé toutes les peines du monde à trouver le sommeil, obnubilé par la vision de la veille. De surcroît, un truc me chiffonnait. Imperceptible, mais suffisamment dérangeant pour me chagriner l'esprit. Je plongeai deux tartines dans le grille-pain et bus à petites gorgées mon café que je trouvai plutôt infect, le regard fixé au mur. Les tartines bondirent de l'appareil, si énergiquement qu'elles durent réaliser un triple Lutz piqué. Mais cela ne détourna pas mon attention de ce légendaire papier peint, constellé de petits tabliers de cuisine myosotis noués dans le dos de centaines de ménagères. Seule la énième gorgée insignifiante de café provoquant mon étranglement puis cette toux de locataire de sanatorium m'éclairèrent enfin, me permettant de mettre le doigt sur mon interrogation nocturne. J'avais déjà vu ma voisine, pas plus tard que quelques jours avant. Je l'avais furtivement aperçue. Cette femme accompagnée de son mari et des deux enfants, le long de la corniche, le soir de mon arrivée. Cette femme à la silhouette harmonieuse, dont le ruban de la robe noué au creux des reins avait attiré mon attention, cette femme, c'était elle.

Il me fallut encore un moment pour le réaliser et cette coïncidence m'avait même coupé l'appétit. C'était donc elle. Ce joli couple, cette sympathique famille. Je me sentis empli de curiosité, intrigué par ce nouveau voisinage et surtout, submergé par la vision de cette femme. Elle m'était apparue instinctivement, mes yeux s'étaient tournés vers elle comme une évidence, et sa vision m'avait littéralement kidnappé. Je ne pouvais me l'expliquer. Je ne pouvais pas appeler cela un coup de foudre. Il me semble que je n'éprouvais rien d'amoureux, rien d'aimant ni même rien de pulsionnel. Non, je crois que j'étais subjugué comme on peut l'être devant une toile de maître, une œuvre d'art, époustouflé comme devant un panorama vertigineux. Voilà la sensation qui m'avait habité. Et je n'attendais qu'une chose : retrouver au plus vite ce sentiment, vérifier le traumatisme.

Ce lundi-là, je ne vis pas mes voisins de la journée.

6

Dans trois jours, les lascars allaient débarquer. Deux amis avec lesquels, une année sur deux, nous avions pris l'habitude de passer quelques journées estivales. Vincent travaillait dans l'immobilier. Il était responsable de plusieurs agences sur Paris. Il était souvent submergé par son travail, qu'il adorait du reste, et pour lequel on pouvait lui reconnaître les qualités essentielles : une présentation irréprochable, une tchatche hors norme, une façon d'amener ses arguments et un pouvoir de persuasion sans failles. Bref, il pouvait vous vendre sa mère, il pouvait vendre la vôtre, il était capable de vous faire acheter une bouche d'incendie, se payant même le luxe de vous la faire régler en plusieurs mensualités. Du grand art ! Mais il possédait également un sens de l'humour à toute épreuve et une vraie gentillesse. Quant à Éric, il travaillait à la mairie d'Arras dans le service des manifestations sportives et culturelles. Son boulot ne le transcendait pas outre mesure, mais il trouvait dans sa passion des motos et du poker de quoi mener son existence quotidienne sans souci particulier. Je les attendais vendredi soir. Vincent me l'avait confirmé par téléphone. Huit jours s'étaient déjà écoulés. Machinalement, j'allai à la boîte aux lettres que je n'avais jamais eu la présence d'esprit d'ouvrir depuis mon arrivée.

— Bonjour.

En me retournant, je me trouvai nez à nez avec ma voisine, quelques lettres à la main.

— Nous avons emménagé il y a peu. Jusqu'à présent, il n'y avait personne chez vous. Enchantée de faire votre connaissance.

Elle s'était avancée vers moi et je me sentais un peu décontenancé par cette rencontre inopinée.

— Oui, je n'habite pas ici à l'année.

— Je m'appelle Salomé. Enchantée, me dit-elle en me tendant la main.

— Bonjour. Nicolas. Enchanté également. Je me doutais bien que les Mével n'étaient pas revenus. Il me semblait avoir entendu des enfants.

— Oui, nous en avons deux. Nous avons acheté la maison aux Mével en mars dernier. C'est encore tout récent.

— Et vous vous y plaisez ? Vous êtes de la région ?

— Non. Nous venons de la région parisienne, de Cergy-Pontoise. Mon mari a accepté une proposition professionnelle à Rosporden. Alors toute la famille a débarqué. Oui, ça nous plaît. Nous sommes arrivés aux beaux jours et cet été est visiblement splendide. Nous verrons comment se déroulera l'hiver...

— Doux et humide. Enfin habituellement. Et beaucoup plus calme. Touristiquement parlant, j'entends.

— Oui, j'imagine. Ah, c'est pas vrai... ça bloque encore...

Elle s'évertuait à refermer sa boîte aux lettres sans succès.

— Attendez, je vais essayer si vous voulez bien. Vous permettez ?

Je m'approchai de la boîte et m'appliquai à tourner une clef devenue folle. Pendant ce temps, je la sentais présente, là, toute proche, à moins d'un mètre de moi. Je sentais surtout son parfum. Solaire, lui aussi. Maritime, peut-être. Oui, solaire et maritime. C'est pas mal, ça. Je m'étais peut-être avancé trop rapidement en sauveur de boîte aux lettres et l'idée d'un possible échec provoqua chez moi une pression telle qu'un filet de sueur me parcourut l'échine.

— Laissez sinon. Ça fait plusieurs fois qu'elle déraille. Je dois la changer.

— Oui, on dirait que ça tourne sans fin et... ah, voilà... peut-être que... oui, c'est bon, je crois.

— Merci beaucoup, c'est très gentil.

Je lui rendis les clefs, préférant regarder la paume de sa main plutôt que ses yeux.

— Bon, eh bien ravie de vous avoir rencontré. Maintenant je sais qui est mon voisin.

— Oui, moi de même. Et n'hésitez pas si vous avez besoin de quoi que ce soit.

— Merci, bonne journée.

Deux minuscules secondes marquant un imperceptible temps d'arrêt s'écoulèrent, laissant quelque chose flotter dans l'air. Puis elle m'offrit un large sourire avant de se retourner vers la maison. Ce sourire que j'avais aperçu par-dessus la haie. Oui, elle était belle, très belle même. D'une beauté simple, limpide, sans fioritures. Je ne m'étais pas trompé. Je suis resté quelques instants devant mon portail, le tri de mon courrier comme alibi, me permettant de lancer furtivement un regard dans sa direction. Mon Dieu, qu'elle était belle aussi de dos, me dis-je...

7

Le jeudi soir, je pris l'apéro chez Lucien. Nous nous installâmes dans son jardin. Il avait accroché un vieux transistor par une ficelle à l'un des volets. Le son qui grésillait de l'appareil semblait venir de très loin, un vieil air de jazz des années quarante, peut-être. Après avoir conversé longuement sur le temps qui passe, sur les souvenirs d'antan, Lucien finit par me dire :

— C'est fou comme le temps défile, quand même. Je nous revois encore chez ton oncle avec toute la famille, autour d'un barbecue. Ta tante tombée du banc quand ton père s'est levé. La partie de plaisir qu'on a eue. Tiens, je crois que j'ai quelques photos…

Il s'éclipsa un instant dans son garage et revint avec une vieille boîte à biscuits métallique. Pêle-mêle, je découvris sur ces photos les fameux barbecues d'été, mon père faisant la sieste l'après-midi, isolé au beau milieu du jardin sur un matelas pneumatique. Une photo de ma tante grimaçante d'énervement, une corne de brume à la main – signe de rappel au bercail quand les hommes tardaient chez Lucien –, une photo de mon cousin bouquinant sur le canapé, de mon frère souriant sur un transat avec le chien sur les genoux.

Toutes ces photos, je ne les avais jamais vues. Mais il me semblait me souvenir très clairement de chaque moment où elles avaient été prises.

— Je suis surpris que tu possèdes toutes ces photos.

— Hé oui. J'en gardais au fur et à mesure des années. Ça faisait un bail que je n'avais pas ouvert cette boîte.

Nous restâmes silencieux un moment. Seul un solo de trompette émanant du vieux poste flottait dans l'air. C'est moi qui finis par briser cet instant laissé en suspension.

— Tiens, j'ai fait la connaissance de mes nouveaux voisins. Enfin de ma voisine, plus précisément.

— Ah oui ? Tu as vu, elle a l'air sympa, hein ? Et pas vrai qu'elle est jolie ?

— Oui, tu avais raison. Elle est belle. C'est une très jolie femme.

— Ah, tu vois ! Et alors ?

— Alors quoi ? (Il me regarda juste avec un léger sourire, en se resservant un verre de rouge) Alors, alors… hé bien… c'est troublant. C'est bizarre. Depuis, je la vois souvent. Enfin, elle me traverse l'esprit. Tu sais, j'ai l'impression de me retrouver dans le film de De Broca, *Le Magnifique*. Au quotidien, je suis le Belmondo écrivain, François Merlin, intimidé par sa voisine, et quand je la vois ou quand je nous imagine hors réalité, je deviens le fameux Bob Saint-Clar, agent secret face à la belle Tatiana. Tu imagines ça ? Elle devient Jacqueline Bisset au son des « Coucouroucoucou »…

— Ah ouais…

— Non je sais, ça paraît drôle comme ça, mais… J'ai le sentiment de la reconnaître.

— Ah bon, tu la connaissais ?

— Non, non. Je veux dire, la reconnaître comme si elle était une évidence. Comme si le fait de la rencontrer là, maintenant, cet été, était prévu depuis longtemps, était inscrit, quoi, tu comprends ?

— Ah ouais… (Blanc). Je te ressers quelque chose ?

Fallait-il que j'en parle comme cela avec Lucien ? me dis-je. Après tout, ce sentiment était strictement personnel, alors pourquoi le partager, pourquoi l'évoquer comme cela ?

Lucien poursuivit, les yeux tournés vers le fond du jardin :

— Je les ai invités la semaine prochaine pour un barbecue. Je sais que tes amis seront là. Mais si tu peux te libérer, tu es le bienvenu. Je leur ai dit que je t'avais lancé l'invitation aussi.

Je fis mine d'hésiter un instant, mais pour rien au monde je n'aurais raté cette proposition inattendue.

8

« **A**lors c'est comme ça qu'on accueille ses invités ?! L'apéro n'est pas encore servi ? »

Je ne les avais pas entendus arriver et je les découvrais avec surprise dans l'entrebâillement de la porte du séjour. Ils avaient bonne mine tous les deux et entendre leurs voix résonner dans cette maison jusqu'ici silencieuse me fit un plaisir fou. Vincent poursuivit :

— Mais dis donc, c'est la Provence qui s'invite au fin fond de la Bretagne, on dirait ! C'est la canicule !

— Oui, le Finistère, c'est plus ce que c'était.

— Moi qui n'ai pris que marinières et ciré jaune, c'est ballot…

Nous dînâmes dans le jardin. Nous bûmes bien dans le jardin. De vraies retrouvailles en somme. Chacun fit son propre bilan des derniers mois écoulés et, à la surprise générale, Éric nous fit part de son état amoureux.

— Eh bien oui, les amis : 32 ans, divorcée, un enfant, jolie, sympa.

— Mais ça date de quand, cette histoire ?

— Pâques. À l'inauguration d'une salle de sport. Son fils fait du volley-ball.

— Petit cachottier… Et tu comptais nous l'annoncer quand ?

— Ben, cet été. Aujourd'hui. Il fallait pas s'emballer. Puis tu sais, c'est encore tout frais finalement. On prend notre temps. On apprend à se connaître.

— Ah, c'est beau l'amour, dit Vincent.

— En tout cas, ça nous fait bien plaisir. Tu aurais pu l'amener, tu sais.

— Elle passe les vacances avec son fils chez ses parents. Et au fond, c'est bien comme ça. On restera encore entre mecs cet été.

Peut-être le dernier, me dis-je. Un jour viendra où l'un de nous se casera, construira sa petite vie de couple et nos rendez-vous habituels s'effaceront. Ou prendront une autre tournure. Pourra-t-on partager des moments aussi forts à six, sept ou huit, nous, habitués depuis des années au trio infernal ? Je me dis que là aussi les choses passent, ne durent qu'un temps. Les époques se vivent puis s'en vont ou changent et évoluent. C'est ainsi.

Vincent s'affala dans le vieux transat, le regard perché au plafond, admirant le ciel étoilé.

— Et toi, lui demandai-je, pas d'amourette en vue ?

— Oh moi tu sais, je papillonne, je butine. Je me suis arrêté au printemps et ça fait un moment. Mais bon, ça me va. Et puis souviens-toi, ma seule tentative sérieuse avec Sophie n'a pas été vraiment très concluante…

— Je l'aimais bien moi, Sophie, commenta Éric. Elle était cool, cette fille, pleine d'humour, pétillante. Et courageuse avec ça. Pour te supporter…

— Ah ben, il s'est réveillé papy, ironisa Vincent. Je te croyais dans le coma, mais non. Tu es encore capable de donner un avis. Un peu tard en la circonstance, mais merci quand même.

— Oui, je suis encore là et je te dis juste que Sophie était une chouette fille. Et je t'emmerde.

— Ouh… et puis poète avec ça. Bravo ! Sophie et moi, ça ne pouvait pas marcher. C'est comme ça. Moi aussi je l'aimais bien. Mais ça ne pouvait pas coller.

— Oui, c'est bien ça le problème. « Tu l'aimais bien ». C'est souvent comme ça avec toi…

La soirée se termina sur les vannes habituelles et les boutades en tous genres. Je regardai du côté des voisins. La lumière à l'étage venait de s'éteindre…

9

Les deux premiers jours de notre cohabitation masculine furent à l'image de ce souper. Chamailleries, apéros, blagues de potaches, petites virées à la mer, farniente.

Le rythme était pris.

Revenant de la boulangerie un matin, je croisai ma voisine prête à sortir de chez elle, un vélo à la main.

— Bonjour, m'adressa-t-elle.

— Bonjour. Vous allez bien ?

— Très bien merci. Les enfants sont chez leurs grands-parents pour une semaine. Je profite de ces instants de liberté. Ils sont si rares !

— J'imagine. Vous… vous êtes en vacances ? Enfin je veux dire, vous travaillez aussi ?

— Non, plus pour le moment. J'ai négocié mon départ de Paris. Je suis acheteuse. Enfin, je l'étais. Pour une enseigne de vêtements. J'achetais les tissus.

— Et sans regrets ?

— Non, sans regrets. Pour le moment du moins. Ça m'a fait un bien fou de casser ce rythme infernal, me poser chez moi, profiter des enfants. C'est bien de s'arrêter parfois, prendre enfin le temps, s'occuper un peu de soi, s'écouter. Bref, je ne vais pas vous bassiner avec tout ça…

— Mais pas du tout. Vous ne me bassinez pas. Je

comprends tout à fait ce sentiment. Je suis un peu passé par là, moi aussi.

— Vous êtes… ?

— Enseignant. Instituteur.

— Mon père était instituteur. Il est à la retraite maintenant. J'admirais beaucoup son travail. Bon, je me sauve. Et puis vous avez des invités, je crois ?

— Oui. Deux vieux camarades de longue date. Bien, je… Bonne promenade, alors.

— Merci. Bonne journée à vous. À plus tard.

Après un premier coup de pédale, elle s'arrêta brusquement et me demanda en se retournant :

— D'ailleurs, vous serez présent aussi vendredi soir chez monsieur Lucien ?

— Oui, j'y serai.

— Bien. Alors à vendredi.

Je me sentis léger, tout à coup. La journée commençait tellement bien.

En rentrant dans la cuisine, je fus surpris par la présence de Vincent, en caleçon, un café à la main. Il regardait par la fenêtre.

— Pfff…, siffla-t-il. Bon sang ! C'est à qui, ce joli minois ? Ce n'est pas la vieille d'à côté ou alors je veux tout de suite les coordonnées de son chirurgien esthétique. Non, sans blague, c'est ta nouvelle voisine ?

— Oui.

— Putain !

— Elle est mariée et elle a deux enfants.

— Oui d'accord, mais quand même. Ce genre de détails mis à part, elle a quel âge ? Elle s'appelle comment ?

— Elle s'appelle Salomé et j'ignore son âge. C'est la deuxième fois que je lui adresse la parole, alors je manque un peu de précisions.

— À mon avis, tu lui fais déjà de l'effet. Je vois le tableau d'ici : elle s'ennuie dans son couple, ça tourne rond, elle rêve d'une aventure, mais elle n'ose pas, elle…

— Arrête tes conneries, Vincent. Je ne sais rien d'elle, je te l'ai dit. Et puis ce n'est pas le genre, c'est sûr. Elle n'est pas comme ça.

— Bon, tu la connais ou tu ne la connais pas ?

— Je ne la connais pas. Enfin… non, je ne la connais pas.

10

Je dois bien avouer que ce fameux vendredi, jour de barbecue chez Lucien, j'eus la sensation de tourner en rond toute la journée. Répétant plusieurs fois les mêmes gestes, multipliant les bourdes, ne cessant de regarder montre ou horloge trois fois par heure. Bref, je n'y étais pas. Ou plutôt, j'étais déjà chez Lucien. Cela n'échappa pas à mes compères qui ne cessèrent de me chambrer à ce sujet :

— Lucien aurait pu nous inviter. Il a déconné, là. Tu es sûr que l'on ne peut pas s'incruster ? Ça va pas le déranger.

Oui, mais moi ça me dérangeait. Dans l'absolu, j'aurais même souhaité un empêchement de dernière minute du mari de Salomé. Une réunion de travail qui s'éternise, une énorme migraine de fin de semaine, une petite chute de tension. Rien de méchant, mais un truc qui l'eût poussé à dire : « Non, mais vas-y sans moi, chérie. Je suis mort. Tu m'excuseras auprès de monsieur Lucien. Il comprendra ». Bien sûr, Lucien comprendrait. Et moi aussi je comprendrais parfaitement. Une attitude aussi raisonnable. Je l'aurais bien volontiers excusé. Mais il serait bien là, pour sûr. Alors, égoïstement, je n'avais pas envie d'y aller en tribu avec les deux loustics par-dessus le marché…

— En tout cas, elle n'a pas l'air de te laisser indifférent, souligna Éric.

Je m'étonnais moi-même de cette impatience, de ma

fébrilité. Je me préparai comme si j'allais à un bal de débutants, comme un jeune homme transi, hésitant dans le choix vestimentaire, essayant de dompter une chevelure anarchique. Lorsque je débarquai chez Lucien, je ne fus pas surpris d'être le premier. À force de trépigner, j'étais arrivé avec presque un quart d'heure d'avance. Lucien s'était fait élégant pour l'occasion. Il « recevait ». Ce n'était pas rien, lui qui avait l'habitude du face-à-face avec lui-même à longueur d'année. Je donnai un dernier coup de main à mon hôte, en disposant les biscuits apéritifs sur la table de la terrasse. Le temps pour moi de voir arriver par le jardin le couple si harmonieux que j'avais croisé le premier soir sur la corniche. Je le regardai un instant. Lui. Il était plus athlétique encore que je ne le pensais. Le teint mat, le port de tête affirmé, l'allure sportive, d'une élégante décontraction, il semblait facile. C'est immédiatement ce que je me dis. Pour lui, tout est facile, tout semble aller de soi. Pas de fausse note. Rien à redire. Un sans-faute. C'est un bel homme. C'est l'homme rêvé, qui fait tourner la tête de toutes les femmes. À juste titre, il fallait bien le reconnaître. Ce type est facile.

C'est elle qui s'avança toutefois d'un pas en premier pour me saluer. Elle était vêtue d'une robe écrue, échancrée, les épaules nues. Un collier de perles nacrées comme posé sur la peau, les cheveux libres, le même parfum « maritime et solaire » si atypique.

« Éblouissante », me dis-je. Comment d'une telle simplicité, d'un tel naturel pouvaient émaner une force de beauté, un charisme si puissant ? Elle est belle sans même se rendre compte à quel point elle l'est, pensai-je.

Pour la première fois, depuis notre rencontre, je pris

l'initiative de planter mes yeux dans les siens et je remarquai alors l'intensité de ce regard marron-vert. Un regard qui semble découvrir à chaque instant, un regard qui interroge, qui invite, qui admire, qui écoute. Je n'ai jamais ressenti la richesse d'un tel regard depuis. Plus jamais.

Nous attaquâmes rapidement l'apéritif – encore ! – et Lucien semblait prendre plaisir dans son rôle de maître de cérémonie. Ce dernier à ma gauche, le mari de Salomé à ma droite, je me retrouvais donc face à elle, de façon fortuite, à moins que le Vicomte n'y fût pour quelque chose.

Thomas. C'était son prénom. Thomas prit très vite les affaires en main en matière d'animation de soirée, distribuant la parole à chacun au rythme de ses questions, de ses constats, de ses attentes de confirmation. C'est ainsi qu'il me demanda :

— Salomé m'a dit que vous étiez instit ?

— Oui, c'est ça.

— Comme mon beau-père. Beau métier, mais quelle patience ! Ça ne doit pas être simple tous les jours, non ? Les élèves ne sont pas trop difficiles ?

— Non, j'ai plutôt eu des classes assez sympas jusqu'à présent et…

— Moi je ne pourrais pas, même si j'aime bien les gamins. Mais c'est un métier où il faut avoir la foi, je crois, non ? Il faut vraiment être fait pour ça. Bon l'avantage, c'est les vacances, hein ? Pas vrai ?

— Oui, on n'a pas à se plaindre de ce côté-là.

Voilà ma première – et peut-être même véritablement la seule – conversation avec Thomas. Il était sans doute plus jeune que moi, mais j'avais le sentiment d'être un petit garçon à ses côtés. Sentiment d'infériorité ? Sa présence et sa rhétorique, sa vision très personnelle des choses de la vie me laissaient supposer une chose. En ne partageant pas son analyse, ses pensées, ses convictions, le même environnement de vie, nous n'étions pas simplement différents de Thomas. Nous étions forcément moins bien que Thomas. Voilà les enseignements que je tirais de cette conversation avec l'intéressé. Paradoxalement, je sentais Salomé presque mal à l'aise avec cette « occupation sonore » imposée par son mari. Certes, c'était la nature de Thomas, mais j'eus le sentiment qu'elle ne maîtrisait pas grand-chose et se retrouvait, comme nous tous, prisonnière de tout cela.

Je pris trois ou quatre fois la parole à mon compte durant la soirée, souvent secondé par Lucien. Je voyais bien que Salomé montrait de l'intérêt. Je sentais son regard plus appuyé, plus nouveau, plus curieux. Quelque chose qui vous fait dire : « Elle s'intéresse. Elle semble accrochée à un petit truc venant de vous. Vous ne lui êtes plus complètement indifférent. Mieux, elle éprouve de l'attrait. L'envie d'en savoir un peu plus ».

Le dîner se déroula de façon très détendue. Une ambiance de grillade conviviale. Près du barbecue, alors que Lucien et Thomas échangeaient sur l'impact des coefficients de marée, Salomé se rapprocha.

— On se sent bien ici. J'aime cette lumière. J'aime ces couleurs.

— Oui, c'est une particularité bretonne. Les ciels colorés, les couchers de soleil à couper le souffle. C'est souvent très romantique.

— J'imagine… Lucien est un homme charmant, d'une

gentillesse pas possible. On se sent bien chez lui.

— Oui, on se sent bien chez lui. C'est bien que vous soyez là.

— C'est bien de se retrouver ensemble ici.

11

Le lendemain, sans surprise, je fus bombardé de questions par mes deux locataires.

« Alors c'était comment ? Et lui ? Un sale con, c'est ça ? »

Je bottai en touche la plupart du temps. Oui, ils étaient ensemble. Oui, il était un peu comme je l'avais imaginé. Mais j'avais aimé cette soirée. Par petites touches, presque imperceptibles, j'avais senti comme un point de contact. J'avais senti une sorte de langage commun, différent des autres. J'avais senti cette reconnaissance mutuelle, ce sentiment de compréhension partagée, sans l'abondance des mots, sans l'imposture de la séduction. Un truc hors du temps, en dehors des codes classiques, en dehors de l'espace commun. Quelque chose de plus aérien. Entre elle et moi.

Les jours défilèrent. Le départ de mes camarades s'annonçait. Nous prîmes du plaisir tous les trois, comme à chaque fois. Nous discutâmes comme jamais, des heures durant, des soirs durant, à refaire le monde, à rire d'un rien, à se moquer des autres, de nous. Des soirées à parler de la famille, du temps qui passe, des incertitudes, des peurs, de l'enfance, des femmes. J'eus le sentiment cet été-là que nous avions atteint le point culminant de notre complicité, le plus haut niveau d'amitié possible. Je savais que ma famille, c'était aussi celle-là. Et je fus presque triste de les voir partir.

Je revis Salomé à trois ou quatre reprises. Au détour de

nos boîtes aux lettres respectives, sur le marché de Concarneau – accompagné de mes deux acolytes – et de retour de la plage.

À cette occasion, alors que nous marchions très lentement dans les allées bordant la mer, elle me confessa :

— Vous êtes drôle, en fait. Vous avez un sacré sens de l'humour. Un humour à froid, comme ça. Pince-sans-rire, très british. C'est bizarre, parce que je ne vous imaginais pas comme ça.

— Vous m'imaginiez comment ?

— Je ne sais pas… Plus fermé, plus distant. Plus froid peut-être.

— C'est incroyable ce qu'on peut refléter auprès des gens. Le décalage entre ce qu'on voit de quelqu'un et ce qu'il en est réellement. Voyez, je ne suis pas glacial. Et je suis plutôt déconneur. Du sérieux parfois, de la dérision beaucoup…

— Et vous, par exemple. Vous m'imaginiez comment ?

— C'est amusant que vous me posiez la question. À vrai dire, je vous imaginais comme vous êtes.

— Vraiment ?

— Oui. Et c'est une incroyable surprise.

Un soir, alors que je fumais une dernière cigarette, assis sur la murette où jadis, enfant, mon père m'avait appris à faire des courses de capsules de canettes rien qu'en les poussant avec l'index, je fus surpris par ma chère voisine sortant ses poubelles. Après quelques banalités d'usage sur la douceur de la nuit et la vision impressionnante de la Voie lactée à cette époque de l'été, Salomé avança :

— Si vous êtes là demain, passez dans l'après-midi

prendre le café et piquer une tête dans la piscine, si ça vous dit. J'y serai avec les enfants. Ils sont rentrés ce soir.

— Euh… oui… d'accord. Avec plaisir.

— Alors à demain.

Je n'avais pas rêvé. Elle avait bien employé le « je » et non le « nous » : « J'y serai avec les enfants ». Oui, je crois bien qu'elle avait dit ça.

12

Je les rejoignis donc le lendemain après-midi, comme convenu. Je contournai leur maison pour arriver directement dans le jardin qui avait bien changé, du reste, depuis le départ des Mével. Une jolie piscine bordée d'une terrasse en teck, d'un salon de jardin très contemporain. Belle harmonie, là encore ! Salomé servait à boire aux enfants et fut sincèrement ravie de me voir arriver. Pensait-elle que je finirais par décliner l'invitation ? Les enfants vinrent me saluer. Louise, l'aînée de onze ans et Alex, deux de moins. Ils se montrèrent polis, souriants, tout aussi accueillants que leur maman.

Après quelques remarques et commentaires sur les travaux qu'ils avaient dû réaliser, Salomé s'assit au bord de la piscine, les pieds dans l'eau. Je la suivis et fis de même. Dans cette position identique, côte à côte, il y avait quelque chose d'intime, sans que nous soyons contraints pour autant de nous regarder dans le blanc des yeux.

— Les vacances vont bientôt se terminer pour vous, non ? me dit-elle en faisant tourner ses pieds dans l'eau comme si elle voulait dessiner quelque chose.

— Oui. Ça commence à sentir la fin. Il me reste cinq jours. Après il me faudra régler les derniers détails de mon arrivée à Agen comme je vous l'ai dit. J'ai encore besoin de quelques jours pour ça. Les choses vont aller très vite.

— Oui. Et ce genre de départ n'est pas toujours simple à organiser.

— J'espère que ma vieille bagnole m'amènera jusque-là. Si je me mets à sécher le premier jour de la rentrée…

Elle se mit à rire, tournant la tête en direction des enfants. Elle était d'une grâce touchante. Dans son attitude, ses gestes, sa posture et en admirant son charme naturel, j'entrevis un moment l'image de Romy Schneider. Je revoyais certaines images de *César et Rosalie*, me remémorant les scènes avec les enfants, avec Montand et Sami Frey. Oui, elle avait ce physique à la Romy Schneider et, ironiquement, je me retrouvais avec cette femme au bord d'une piscine… À mi-chemin entre fiction et réalité. Après un léger silence, elle me demanda :

— Je peux vous poser une question ? Indiscrète peut-être.

— Bien sûr, allez-y. Je ne peux rien vous refuser.

— Ah ça… Vous… vous vivez seul ? Vous n'êtes pas marié, je veux dire ?

— J'avais compris. Oui, je vis seul. Après certaines expériences sans grand succès. La preuve.

— Donc, c'est devenu un choix, c'est ça ?

— Disons que je n'ai plus pris le temps de me poser la question. C'est comme ça. C'est ma réalité d'aujourd'hui. Je n'aspire pas non plus à devenir un vieux grincheux solitaire et aigri ou entrer dès demain chez les Bénédictins, entendons-nous.

— J'ose espérer pour vous, effectivement.

Elle partit se baigner un instant, quelques brasses, une coulée pour rejoindre le côté d'en face puis elle revint près de moi, encore dans l'eau, les bras croisés sur le rebord. Oui, pas de doute, on était bien dans l'univers de Deray ou de Sautet.

— Et moi, je peux vous poser une question à mon tour ? Indiscrète peut-être.

— C'est le jeu, je ne peux pas vous le refuser.

— Vous avez tout pour être heureuse, là. Tous les ingrédients sont réunis. Enfin il me semble. Ça paraît presque évident…

— Oui c'est vrai. Nous avons de la chance. Les choses nous ont souri jusqu'à présent. Mais ce n'est pas une question, ça. C'est un constat.

— Oui je sais. Ma question est de savoir si vous l'êtes. Heureuse.

— Heu… eh bien… on n'a pas à se plaindre. C'est plutôt agréable quand cela se déroule de cette manière, non ? Vous ne pensez pas ?

— Peut-être, oui. Mais vous employez souvent le « on ». Rarement le « je ». Bien sûr, vous formez un couple, vous êtes une famille. Mais vous ?

— Moi ? C'est sûr qu'au bout de plusieurs années, on se glisse dans des habitudes confortables. « JE » m'y suis glissée sans doute. S'arrêter comme je le fais aujourd'hui, c'est une façon de penser davantage à soi, je crois. Je vais essayer de m'y employer un peu plus.

En l'espace d'un instant, prenant mon courage à deux mains, comme si j'allais sauter dans cette piscine pour une apnée sans fin, je lui dis sans m'arrêter :

— Vous êtes une belle femme, Salomé. Une très belle femme, même. Plus encore, vous êtes une belle personne. Je ne pensais pas un seul instant qu'au cours de ce mois d'août, ce petit mois d'août perdu au milieu de toutes ces années, je rencontrerais quelqu'un comme vous. Vous m'avez tracassé l'esprit durant toutes mes vacances. Pour mon plus grand bonheur. Et je voulais simplement vous en remercier. Je connais votre situation. Je connais la mienne. Je ne veux rien perturber de ce bel équilibre. Mon intention n'est pas de vous encombrer de quoi que ce soit. Il n'y a rien à attendre de rien. J'étais obligé de vous dire cela aujourd'hui. Je n'aurais pas pu faire autrement, pas pu passer à côté de vous avouer tout ça. Encore une fois, prenez-le comme un compliment, comme un événement particulier, une sensation insensée que vous m'avez procurée. Rien d'autre. Voilà. C'est fait. Ça ne m'était jamais arrivé auparavant. Il fallait que je vous raconte tout ça avant mon départ.

Elle me regarda fixement. Elle sourit légèrement. Un sourire teinté de gêne, de surprise et de bien-être. Elle posa sa joue sur ses bras enlacés sur le rebord de la piscine et nous restâmes un long moment à regarder en silence les enfants jouant au badminton.

13

Le soir même, je me sentais exténué. J'avais le sentiment d'avoir été jusqu'au bout de quelque chose. Je me sentais libéré, presque plus léger. Mais vidé. Seul et vidé dans ma résidence secondaire.

Fin août, les jours raccourcissent déjà. Il faisait plus frais. Il faisait plus sombre. Je m'allongeai sur le vieux canapé que je ne quittai pas de la nuit, comme le soir de mon arrivée.

En nous séparant, nous avions convenu avec Salomé de nous promener en Ville Close le surlendemain.

Ce jour-là, Salomé était seule. Les enfants passaient l'après-midi chez des copains pour un anniversaire. Nous prîmes le bac pour nous rendre en ville. Sur le bateau, au cours de la rapide traversée, je m'assis derrière elle sur le banc latéral. Il y avait pas mal de monde. Nous étions serrés, presque collés les uns aux autres. Ses cheveux au vent me balayaient de temps à autre le visage. À cet instant, comme jamais, j'eus envie de l'enlacer, poser ma main sur son épaule, sentir son dos contre mon torse, sentir sa peau. Je sentais mon cœur cogner dans ma poitrine. Nous parcourûmes la Ville Close puis remontâmes par les remparts. Face à la baie, nous regardions les chalutiers rentrer au port. Salomé se retourna brusquement vers moi.

— Ce que vous m'avez dit avant-hier m'a touchée. Profondément. Je ne peux pas faire comme si je ne savais pas, à présent. Je ne pourrai plus faire comme si vous ne m'aviez rien dit. Ce n'est pas toujours simple avec Thomas. Je suis tombée très amoureuse de cet homme il y a quelques années. J'avais le sentiment de devenir femme à ses côtés. Il m'a fait grandir. Aujourd'hui, bien sûr, c'est différent. J'ai parfois le sentiment d'être à côté de lui, en marge, comme une ombre. De courir après lui, de m'appliquer à faire, de suivre le chemin qu'il souhaite toujours tracer. Non vraiment, ce n'est pas si évident que cela parfois. Dernièrement, notre relation était très tendue. Juste avant d'arriver ici, j'ai bien cru que… Là c'est peut-être un nouveau départ, un second souffle. Je dois le vérifier. Je me dois d'aller au bout de cette histoire. Et puis, avec des enfants, les choses prennent une autre tournure, une autre envergure… Vous comprenez ?

Je l'avais écoutée sans sourciller. Son visage plus préoccupé, les traits plus tirés qu'à l'accoutumée semblaient donner encore une autre facette à son charme. Une autre couleur à cette palette déjà si riche. Comme je l'aurais trouvée irrésistible, cette femme ! Jusqu'au bout. Jusqu'au fin fond de ces remparts. Jusqu'au dernier jour du mois d'août. Jusqu'au bout de la fin.

— Oui, je crois comprendre. Quelque chose me gratte un peu dans le fond de la gorge, mais je crois comprendre. Je ne suis pas à votre place. Je ne connais pas ce contexte, je ne connais pas ce sentiment, ces émotions qui vous traversent. Je sais seulement qu'il faut parfois vérifier les choses, quitte à se brûler un peu, quitte à se blesser. Vous avez sans doute raison.

Nous redescendîmes par le grand escalier et reprîmes le

bac dans l'autre sens. Le sens des retours. Sur le bateau, alors que mon bras longeait la rambarde, Salomé posa sa main sur la mienne et je sentis son corps tout entier se relâcher, se poser délicatement contre le mien. Trois minutes de traversée, en silence, pour mieux se parler et écouter le langage des corps.

Arrivés à quai, chacun de nous regagna sa voiture. J'aurais voulu lui prendre la taille, poser ce premier baiser sur ses lèvres. J'aurais voulu que cette étreinte soit la plus délicate, la plus intense, la plus forte, la plus sauvage possible. Comme s'il n'y en aurait qu'une. Une seule. Comme si c'était la fin du dernier parloir. Comme si nous étions condamnés à mort. Comme s'il nous fallait tout rendre, se dépouiller jusqu'au néant, s'oublier, s'évanouir. Comme si, après cet instant, il n'y aurait plus rien.

Mais j'en fus incapable. Je ne voulais rien provoquer de plus. Je ne voulais pas insister ou même en rajouter. Nous nous regardâmes, vissés à nos portières respectives. Un moment qui ne dura pourtant que quelques secondes. Je partis le premier. Je ne regardai pas dans mon rétroviseur.

14

L e jour dit, je refermai un à un les vieux volets en bois, coupai les compteurs, barricadai la porte du sous-sol. Après un dernier tour de la maison, je traversai la rue pour aller saluer Lucien une dernière fois.

— Alors, ça y est ? C'est le grand départ ?

— Ouais, c'est l'heure. Je te laisse une clef, au cas où il y aurait un problème.

— Pas de souci. Bon, tu as bien profité ? De bonnes vacances avant ta rentrée ?

— Oui. Un beau mois d'août. Ça faisait longtemps que je n'avais pas vécu ça ici.

— C'est vrai que la saison est réussie. Tu reviens quand ?

— Je ne sais pas. Pas encore. Je t'appellerai.

— Ça marche.

— …

— …

— Si tu vois les voisins d'en face, salue-les pour moi. Dis-leur… souhaite-leur une bonne continuation.

— Oui, je leur dirai.

Je l'embrassai. Je l'embrassais rarement. Peut-être même était-ce la première fois. Au volant, je jetai un regard vers la maison de Salomé. Les volets étaient à moitié fermés. Je repris le chemin du retour.

Je choisis l'option autoroute. Je choisis de rentrer vite.

Cette même année, je ne montai ni à la Toussaint ni à Noël. Ça me fait drôle d'ailleurs de dire monter, moi qui fus toujours forcé de descendre.

Ma nouvelle affectation m'occupa beaucoup les premiers mois : nouvel établissement, nouvelle équipe d'enseignants, nouvel environnement. Que du nouveau, quoi. Qui plus est, comble de tout, changement dans les programmes et nouveau rythme scolaire. L'Éducation nationale est vraiment la plus grande institution soumise aux vents et marées, au gré des gens qui nous gouvernent. Mais je me plaisais plutôt pas mal à Agen. Un climat enfin clément, un bel appartement ancien assez classe, quelques connaissances sympathiques. Un parachutage plutôt réussi, somme toute.

Je passai par Concarneau quelques jours à Pâques. Cinq jours tout au plus avant de remonter vers le Nord. Lucien avait été hospitalisé deux mois auparavant pour une méchante pneumonie. Je le trouvai plutôt affaibli, pas encore remis de ce gros pépin. Je ne vis pas Salomé. Profitant des vacances, ils étaient remontés voir la famille en région parisienne. Je trouvai ces quelques jours bien fades, le temps maussade malgré le début du printemps. Je me dis que nous n'avions même pas échangé nos coordonnées avec Salomé. Pas une adresse mail, pas un numéro de portable. Fallait-il que les choses se déroulent ainsi ?

L'été suivant, j'accueillis Vincent et Éric – accompagné de sa dulcinée et de son fils – dans le Sud-Ouest. Nous augmentions les distances qui nous séparaient géographiquement. Il était donc nécessaire de nous revoir au plus vite. Je fis l'impasse sur Concarneau.

Je n'y retournai qu'en octobre. Et dès mon arrivée, ce fut

un choc avant même de me ranger devant le vieux portail. Un écriteau sur la maison des voisins. Un simple écriteau : « Vendue ».

Il n'était que quinze heures. Je laissai ma voiture en plan. Je montai comme une flèche chez Lucien. Par chance, il était là, en pleine réparation de mobylette. Je me rendis compte de ma précipitation. Il fut surpris aussi, je crois. Reprenant quelque peu mes esprits, je m'attachai à lui demander des nouvelles de sa santé, comment allait sa vie. Il semblait aller mieux, requinqué, même s'il m'avoua que ses problèmes respiratoires avaient emporté beaucoup de son énergie.

— Thomas et Salomé ont vendu la maison ? J'ai remarqué la pancarte en arrivant, glissai-je le plus étonnamment possible.

— Oui. Cet été. Ce fut très rapide. Apparemment, il a accepté une promotion très intéressante en Angleterre. À Londres, il me semble. Un truc qu'on ne refuse pas, il m'a dit. Ils ont dû faire vite. Et puis pour elle, ça pouvait relancer sa carrière, je crois. Elle travaillait dans le commerce des vêtements, c'est ça ?

— Elle est acheteuse, oui.

— Voilà c'est ça, acheteuse. Alors ils ont sauté sur l'opportunité. Dommage, les enfants semblaient se plaire ici. Lui, je le voyais peu, toujours occupé. Mais elle, toujours charmante, toujours attentionnée. Elle est venue plusieurs fois boire le café…

— Ah…

J'étais perdu dans mes pensées. J'étais perdu tout court, comme un sentiment d'abandon, comme quelqu'un qui vient d'arriver sur le quai de la gare et qui voit son train partir.

Lucien essuya ses mains pleines de cambouis. Il me fit signe de le suivre et de rentrer. Nous montâmes à la cuisine. Après avoir ouvert l'un des tiroirs, il me tendit une enveloppe.

— Tiens. Elle m'a demandé de te remettre ça la prochaine fois que je te verrais.

Je rentrai à la maison, le temps pour moi de rallumer l'électricité et m'asseoir dans le canapé. Je retournai la lettre plusieurs fois dans mes mains. Je la sentis. Il y avait juste écrit « *Nicolas* » sur l'enveloppe, d'une écriture franche, ample, sans rondeur excessive. Je ne pus m'empêcher de sourire. Une belle écriture, avec ça. Je finis par ouvrir l'enveloppe et parcourir les quelques lignes.

Nicolas,

Nous voilà partis pour une autre destination. Je ne vous ai pas vu durant ces derniers mois. J'aurais parfois aimé, pourtant. Il me paraît déjà loin le temps de ce mois d'août. J'ai aimé notre rencontre, Nicolas. J'ai aimé la personne que vous êtes. Moi aussi j'ai ressenti certaines choses. Comme jamais peut-être. Je vous l'avoue aujourd'hui. J'ai aimé nos moments. J'aimais vous regarder. J'aimais votre présence. Tout cela est tellement singulier. Vous avez ouvert quelque chose en moi. Enfoui. Jamais révélé. Vous m'avez permis d'être moi-même durant nos heures partagées. C'est un sentiment incroyable, vous savez ? Un sentiment nouveau, tellement bon et tellement déstabilisant à la fois. Je porte cette lueur-là en moi désormais.

Je suis en marche vers moi-même et je vous le dois. Je continue de vérifier le sens à donner à ce parcours de vie. Oui, je dois vérifier encore. Je réaliserai peut-être un jour, peut-être trop tard, l'histoire unique qu'il m'était donné de vivre cet été-là. De quoi sera fait demain ? Je me sens perdue et remplie à la fois. Je vous emporte avec moi, Nicolas. Quel que soit l'avenir. Prenez soin de vous.

Je vous embrasse.
Salomé

Épilogue – Huit ans plus tard

Ça sentait les aiguilles de pin, le bougainvillier et le chèvrefeuille. Ça sentait bon le Sud. Je m'étonnais que ce transat puisse offrir à son propriétaire du moment ce sentiment de bien-être, cet effet chaloupé semblable au doux remous de l'eau. Comme le flux et le reflux des marées. Quelle heure pouvait-il bien être ? 16 heures ? 17 ? Davantage ? J'apprivoisais progressivement cet état semi-léthargique si propre à la fin de sieste. J'entendais des voix. Beaucoup. Trop ? Les va-et-vient incessants dans la piscine. J'entendais les rires. Je percevais du mouvement. J'ai entendu : « Les enfants, goûter ! » Je me suis redressé de quelques degrés. J'étais à l'ombre, mais la luminosité du soleil reflétée par le carrelage aux abords de la piscine était presque aveuglante.

Je les ai vus débouler ensemble, s'arrêtant devant cette petite table, vêtus de leur caleçon de bain, papillonnant comme des abeilles prêtes à se ruer sur toute forme de sucre. Ils m'ont souri tous les deux, attendris peut-être par l'air ahuri que je devais avoir après mon coma d'après-midi. Je leur ai rendu ce sourire. À tour de rôle, ils se sont servi une généreuse tartine de chocolat qu'ils ont enfouie dans leur bouche de la même manière. Ils avaient la peau cuivrée par le soleil. Sur la nuque de l'un d'eux, je remarquais la brillance d'une gouttelette de sueur baignée par la lumière.

Comme un diamant. Je les ai trouvés beaux. Adorablement beaux. Perdu dans mes pensées, j'ai regardé le ciel et pris une profonde inspiration.

Je n'ai jamais revu Salomé.

À propos de l'auteur

Il y a eu le théâtre. Longtemps. Comédien et co-auteur de pièces à tonalité plutôt burlesque. On appelle cela du clown.

Puis des textes en forme de paroles de chanson. Éparpillés, dispersés, ventilés ou rangés au fond d'un tiroir.

En parallèle, durant vingt ans, le monde de l'éducation spécialisée, l'enfance en difficulté, les familles à la rue. De belles rencontres, mais beaucoup moins burlesques.

Aujourd'hui, Yannick Billaut signe son premier roman, *L'émoi d'août*. Un petit roman d'été, aux parfums maritimes, que l'on dépose sur sa serviette de plage entre deux baignades. Pour éviter qu'elle ne s'envole…

Retrouvez tous les titres et l'actualité des Éditions HJ :

Sur notre site Internet :

http://www.editionshelenejacob.com

Sur Facebook :

https://www.facebook.com/EditionsHJ

Sur Twitter :

https://twitter.com/EditionsHJ

www.ingramcontent.com/pod-product-compliance
Lightning Source LLC
Chambersburg PA
CBHW072010170626
46813CB00005B/2100